뜻밖의。
위로。

박정은 글·그림

나의 외로움을 달래준 순간의 기억들

뜻밖의。

위로。

이봄

힘내라는。
말 대신。

딱히 아무 일도 일어나지 않은 평범한 날, 어느 순간에 갑자기 눈물이 주체할 수 없이 솟구쳐오를 때가 있다. 갑자기 일어나는 발작과도 같이. 물론 아무 일이 일어나지 않은 것은 아니다. 매일 무언가를 조금씩 꾹꾹 눌러담다가 그것이 마음속에 더이상 수용 불가능할 정도로 쌓였을 때, 아주 작은 자극에도 폭발해버리는 것이다. 그 자극들은 너무 평범하고 일상적이기에 오히려 조심하지 않아서 최고의 촉발제가 되어버린다. 그렇게 터져버린 눈물은 쉽게 멈추지 않는다. 충분하다고 생각될 때까지 쏟아내고 나서야 비로소 진정이 된다.

그곳은 카푸치노가 맛있는 카페였다. 혼자 카페에 앉아 책을 읽던 나는 문득 귀에 꽂은 이어폰에서 흘러나오는 노래에 귀를 기울였다. 좋아하는 여자 가수의 노래였다. 늘 듣던 앨범 중에 한 곡이었는데 새삼스럽게 가사가 한 단어 한 단어 정확하게 마음에 들어왔다. 책을 놓고 아무것도 하지 못하고 속삭이듯 나지막이 읊조리는 노랫말에 집중했다. 눈물이 쏟아지기 시작한 것은 한순간이었다.

사람들은 어떻게 버텨내고 있는 걸까. 터져나온 눈물이 멈추지 않아서 나는 얼른 옆에 놓인 쿠션을 끌어안았다. 솜이 빵빵하게 들어간 폭신한 쿠션에 얼굴을 묻고 실컷 울고 있자니 후련한 기분마저 들었다. 소복이 쌓인 눈 속에 얼굴을 파묻고는 자신의 눈에 아무도 보이지 않으니 안전하다고 생각하는 새처럼, 눈을 꼭 감고 하염없이 울고 있었다.

누군가 옆에 다가온 듯한 소리가 들렸다. 얼굴이 엉망진창이 되었을 것이 분명한 나는 아무도 말을 걸지 않았으면 좋겠다고 생각했다. 그 소리는 다시 조용히 멀어졌다. 고개를 든 나는 다 마신 커피잔 대신 그 자리에 놓여 있는 가득 채워진 따뜻한 머그잔을 발견했다. 바깥에는 비가 내려 봄 같지 않게 으슬으슬 추웠지만 컵을 양손으로 감싸쥐자 따스한 온기가 온몸으로 전해졌다.

슬픔에 빠져 있는 사람에게 누군가가 베풀어준 예상 못 했던 친절은 마음에 생각보다 큰 파장을 일으키며 번져간다. 눈물은 어느새 멈춰 있었다.

2015년 12월
박정은

나의 외로움을 달래준 순간의 기억들

프롤로그 _ 힘내라는 말 대신

^{1장} 혼자 있는 시간, 나를 만나다

^{2장} 우리, 마음을 여는 순간들

3장 사랑은 다시 기억된다

4장 때론 눈물이 필요한 이유

5장 세상을 여행하는 저마다의 수식들

혼자 있는 시간,
나를 만나다

혼자라는 것은 외롭고 두려운 일이다. 막막한 기분
이 들기도 하고 무서워져서 때로는 도망치고 싶은
마음이 들기도 한다. 하지만 스스로에게 꼭 필요한
시간이기도 하다. 혼자만의 시간 속에서 나는 비로
소 나를 만난다.

한계와.
마주한다는 것.

나를 중심으로 동그랗게 선을 그린다.
스스로 팔을 뻗어 바닥에 그은 선은
아주 얇고 작지만,
어쩐지 자꾸만 신경이 쓰인다.
그냥 바닥에 그려진 선일 뿐인데
나는 그것을 넘는 것을 꺼린다.
그 얇고 작은 동그라미는
어느새 커다란 두려움이 된다.
얇은 선은 점점 끝없이 확장되어
나의 세상을 꽉 채워버린다.
얼마나 더 걸어야
그 선의 끝에 다다를 수 있을까.
경계에 다다르면
그 선을 넘어설 수 있을까.
어쩐지 자꾸만 적막하고 외롭다.
뛰어넘어야 하는 것은 나인데,
용기를 내야 하는 것도 나인데.
누군가의 허락을, 누군가의 명령을
기다리는 것처럼 망설이고만 있다.

스스로의 한계를 마주한다는 것은
그렇게 막막하고 두려운 일이다.

익명의 。
존재 。

사라져버렸다.
눈물과 함께 녹아내렸다.
활짝 피어난 듯 보였던
핏빛 꽃과 함께 져버렸다.

잃어버렸다.
분명히 두 손에 꼭 쥐고 있다고
생각했던 소중한 무언가가.
사라져버렸다.
나라는 존재가.

없어졌다.
나를 감싸안고 있었던 따스한 온기도.
이가 딱딱 부딪힐 만큼 추웠다.

외로웠다.
곁에 누가 있는지 보이지 않았다.
세상에 나 홀로 남은 느낌이었다.

아무도 없었던 것은 아니었다. 곁에는 가족도, 친구도, 동료도 분명 있었다. 하지만 없었다. 함께이면서도 혼자였다. 사람은 다 혼자 왔다가 혼자 가는 거라고 무심하게 말할 수도 있겠지만 슬픔에 빠진 사람에게 그런 말은 너무나 가혹하다. "다 그런 거야. 나도 힘들어"라는 식의 말도. 우리 모두 힘드니까 너와 나의 슬픔은 아무것도 아니라고 말할 수는 없다. 나의 고통과 너의 고통을 똑같은 잣대로 비교할 수는 없다. 모두가 유일하면서 특별하기에 휘휘 저어 뒤섞어버릴 수는 없다. 그런 것이다.

밝음의 영역보다는 어둠의 영역에 속해 있는 사람이 있다. 슬픈 일이 생겼을 때 주변 사람들에게 구구절절 이야기를 늘어놓고 수다를 떨다 보면 기분이 풀리는 사람도 있겠지만, 처음부터 끝까지 모든 감정들을 혼자서 감당해야 하는 사람도 있다. 그런 사람은 때로는 현실 속에서, 때로는 사람들의 기억 속에서 자신의 존재를 완전히 지워버리고 싶어한다. 지인을 만나 이야기를 나누기보다는, 모르는 사람들로 북적거리는 번화가나 카페에 자신을 밀어넣고 우두커니 앉아 있는다.

철저히 익명이 되는 것, 원하는 것은 그것뿐이다. 표정을 지우고, 얼굴을 지우고, 손을 지우고, 몸을 지우고. 나라는 존재를 모두 지워버리면 스스로를 채우고 있는 슬픔이란 감정도 지워지지 않을까 기대한다. 그리 쉬운 일은 아니지만 조금의 위안을 바라면서 나는 오늘도 혼자가 된다.

혼자를 좋아하는
사람들의 공통점

아무것도 안 하고 멍하니 있는 것을 좋아한다.

귀찮거나 번거로운 것을 싫어한다.

무의미 속에서 의미를 발견하곤 한다.

의외로 외로움을 많이 타고 소심한 구석이 있다.

거절당하거나 내가 권한 것을 싫어할까봐 두렵다.

남에게 구속되는 것보다 자유로운 것을 좋아한다.

다른 사람들의 시선은 신경쓰지 않고 중요하지도 않다.

약속이 없는 날에도 혼자서 하고 싶은 일들이 줄줄이 기다리고 있다.

사람들과 있을 때보다 혼자일 때 더 편안하고 충전되는 느낌이 든다.

내향적이고 조용하다.

움직이는 것보다 가만히 있는 것을 좋아한다.

시간의。
속도。

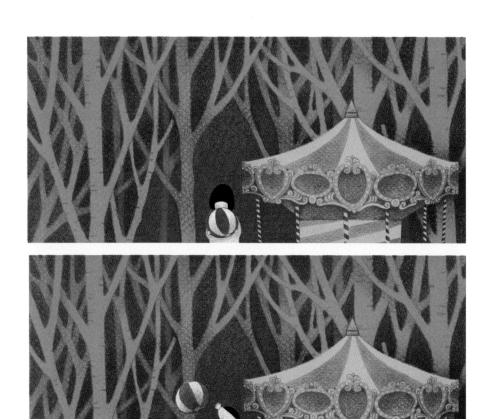

다시 떠올려보려고 애를 쓰지만

그래도 기억나지 않는 시절이 있다.

과거의 편린들이 어렴풋하게 떠오르지만

마치 다른 사람의 경험이나 영화 속 한 장면인 양

멀리서 지켜보는 듯한 이질감이 들기도 한다.

때로는 기억 속 깊숙한 곳에 숨겨져 있던 기억들도,

일상 속에서 만나는 어떤 음악, 냄새, 장소 등

사소하지만 결정적인 계기들로 인해

지금으로 소환되는 일도 있다.

이런 기억이 있었나 싶다가도

그래 그랬었지 하고는 과거의 그때로

잠깐 돌아가는 듯한 기분이 든다.

좋은 기억만 있는 것은 아니라서

나쁜 기억이 되살아날 경우에는

그후로 몇 번이고 반복되어 재생되는 바람에

고통스러운 시간을 보내기도 한다.

시간이 더디게만 흘러가던 어린 시절

어느새 정신을 차려보니 어른이 되어 있었다.

보이는 것과.
보이지 않는 것.

눈에 보이는 것이 전부라고 생각한다면
그건 너무 낙천적인 생각 아닐까?
내 옆에서 활짝 웃고 있는 저 사람이
남몰래 감당하고 있는 슬픔은 어쩌면
내가 감히 어림짐작할 수도 없는
막막하고 거대한 무엇일지도 모른다.

아무것도.
하지 않아도 좋은 날.

때로는 아무것도 하지 않는 날이
마음에 위로를 주기도 한다.

실컷 이불 위에서 뒹굴뒹굴하고
천장을 보며 생각에 잠기고
그러다 잠도 자고 꿈도 꾸고
마음이 내키면 음악도 듣고
손이 닿는 대로 책도 읽는다.

그러다보면 마음속에 숨어 있던
'의욕'이란 녀석이 비로소
빼꼼 하고 고개를 내미는 것이다.

물이 가득차 있는 컵에는
아무것도 담을 수 없다.
다 쏟아내고 비워내야만
비로소 새로운 것을
담을 수 있는 것이다.

혼자만의 시간을
즐기는 방법

두 다리를 벽에 대고 가만히 누워 멍하니 천장을 바라본다.

옛날에 썼던 일기장이나 노트들을 꺼내 읽어본다.

집에 있는 악기들로 연주를 해본다. 음악이 아니어도 괜찮다.

펜과 색연필들을 늘어놓고 종이에 아무렇게나 낙서를 한다.

옛날 잡지에서 마음에 드는 사진을 잘라 스크랩북을 만든다.

늘 읽다가 포기한 책을 다시 꺼내어 읽어본다.

하고 싶은 일들을 노트에 써본다. 사소하고 쓸데없는 일일수록 좋다.

책장에 꽂혀 있는 책들을 모두 꺼냈다가 다시 꽂아본다.

옆에 종이와 펜을 놓고 자다가 살짝 깨면 꿈을 메모해본다.

(깨어나면 무슨 내용인지 잘 알아볼 수 없지만 그게 포인트다.)

얼마나 오래 멍하니 있을 수 있을까 시험하며 최대한 멍하니 있는다.

바다에서.
수영하는 법.

바다는 늘 그곳에 있다.
수천 년 전부터 그러했던 것처럼.
밀려왔다 다시 밀려가는 파도를 보고 있으면
나를 짓누르고 괴롭히던
삶의 무거움과 고민거리들을 물살에 실어
조금은 놓아보낼 수 있을 것 같다.

바다에서 수영을 하는 방법은 매우 간단하다.
무서워하지 말고, 두려워하지 말고
편안히 힘을 빼고 물위로 몸을 눕히면
생각보다 쉽게 몸이 둥둥 뜬다.
그 상태로 손과 발만 가볍게 휘휘 저으면 된다.

두려움 때문에 몸에 힘이 들어가면
거짓말처럼 가라앉아버린다.
몸의 긴장과 힘을 빼는 것은 단순해 보여도
사실은 꽤나 어려운 일이다.

물속에 있을 때 나는 편안함을 느낀다.
엄마의 뱃속에 있는 태아의 느낌이
이러지 않을까 상상해본다.

물이 흔들리면 함께 흔들리고
그 안에서 물과 하나가 되어
중력을 거스르며 자유를 느낀다.

하늘에 구름이 떠 있는 날에는
하늘을 나는 기분이 들고,
별이 잔뜩 떠 있는 맑은 밤에는
우주를 떠도는 듯한 기분이 든다.

살면서는 좀처럼 바라볼 수 없었던 하늘을
마음껏 바라보며 물에 떠 있는 기분은
말로 표현할 수 없이 기쁘다.

비고라는.
함정.

상상 속의 나는 멋지고 당당하고 반짝이는 모습이었는데 현실 속의 나는 전혀 그렇지 않아 그 괴리감에 화가 나곤 했다.

'이건 진짜 내가 아니야'라고 현재의 나를 부정하고 미워했다.

상상 속에서 만든 내가 아닌 나와 진짜의 나를 멋대로 비교하고 심지어는 과거의 나와 현재의 나를 저울질하다 실망하고 등을 돌리고는 쳐다보려 하지도 않았다.

불행은 그렇게 생겨난다.

일단은 진짜의 나 자신을 인정하는 것부터 시작했다. 스스로 어떤 사람인지 냉정하게 바라볼 필요가 있었다.

자신과의 화해는 스스로를 똑바로 바라보는 것으로 시작된다.

남들과 나란히 놓고 비교하는 것이 아니라, 오직 나만을 바라보는 것.

현재의 어그러진 나를 진정으로 이해해야만 행복으로 나아갈 수 있다.

나라는 존재를 겹겹이 둘러싼 벽을 하나씩 부술 때마다 나 자신이 산산이 조각나는 듯한 고통을 느꼈다.

그 속에서 찾아낸 진짜 '나'는 정말 작고 초라했다.

겁에 질려서 바들바들 떨고 있는 나를 만나 따뜻하게 안아주는 것.

그럼에도 불구하고 사랑한다고 말해주는 것이 나에게는 필요했다.

일단 인정하고 나니 마음이 편안해졌다.

그것이 나의 내면에서 일어난 가장 크고 중요한 변화였다.

불가항력。

삶이라는 것에는 정답이 없다.
수많은 답이 놓여 있고,
그저 자신의 가치관에 따라
선택할 뿐인 듯하다.
타인에게 평가받는 일은 정말 싫지만
사실 가장 무서웠던 때는
스스로 가장 중요하다고 생각하고
끔찍하게도 믿었던 어떤 가치가
어쩌면 틀릴지도 모른다는 것을
깨달았을 때인 듯하다.
가장 무서웠을 뿐 아니라
가장 외로웠던 것 같다.
정답이 없어서 두려운 건
당신만이 아니다.
모두가 그러하다.

말을.
너무 많이.
한 날.

말을 많이 한 날은 왠지 기분이 좋지 않다.

아니, 친구와 즐겁게 대화를 나누는 시간들은

무척이나 즐겁지만, 밤에 혼자 남아서

온종일 내뱉은 말들을 곱씹다보면

얼굴이 화끈댈 때도, 절망감을 느낄 때도 많다.

혼자서 벽에 발을 구르거나 이불을 뒤집어쓰고

깊이 후회하기도 한다.

그것은 마치 말이 있던 내 몸의 자리에

구멍이 생겨 텅 비는 느낌이다.

말을 많이 하면 할수록 숭숭숭 바람이 통할 정도로

구멍이 생겨나서

나라는 존재가 사라지는 느낌이 든다.

그래서 허무한 걸지도 모른다.

나는 하고 싶은 말들을 다 해버리는 것보다

내 안에 말들을 가득 품고 있을 때가 더 나답고,

마음이 편하다고 느낀다.

사람들이
두려움을 느낄 때

타인에게 날것 그대로의 평가를 받아야 할 때.

내가 중요하다고 믿고 있는 가치가 틀릴 수도 있겠다는 생각이 들 때.

한 번도 마주하지 못했던 상황을 대면했을 때.

나의 행동으로 인해 상대방의 믿음이 깨졌다고 느낄 때.

사랑하는 사람이 내게서 멀어지고 있음을 느낄 때.

거대하고 막막한 불행 앞에서 스스로가 너무 작게 느껴질 때.

나를 진정으로 사랑해주는 사람이 없는 것 같아 외로울 때.

사랑하는 사람을 영원히 떠나보내야 할 때.

하고 싶은 일, 할 수 있는 일이 없다고 생각될 때.

시간이 너무 빠르게 지나간다고 느껴질 때.

열심히 살아온 나의 인생이 무의미하게 느껴질 때.

작은.
경험.

어린 시절 혼자서는 머리를 잘 땋지 못했다. 하루종일 풀리지 말라고 엄마가 이마에 난 잔머리에서부터 빗으로 힘껏 빗기는 바람에 늘 눈이며 피부가 뒤로 당겨져 아팠던 기억이 있다. 20대가 되어서야 혼자서도 머리를 땋을 수 있게 되었다. 다른 사람에게 부탁하지 않아도, 거울을 보지 않고도, 자유롭게 머리를 땋을 수 있게 되었다는 것. 내게는 어른이 되었다는 작은 증거 같은 일이었다. 어쩐지 쓸쓸하기도 했지만, 뿌듯한 일이기도 했다. 경험이란 것은 세상을 좀더 깊게 이해하는 데도, 또한 누군가를 온전히 이해하는 데도 도움이 된다.

나이가 든다는 건 나에게 일어나는 어떤 일들에 대해 이해할 수 있는 마음의 넓이가 늘어난다는 것이 아닐까. 그래서 나는 나이가 드는 것도, 그렇게 내 안에 쌓여가는 경험들도 참 좋다.

함께。
해야 할 기억들。

다 잊어버린 줄 알았는데, 괜찮아졌다고 생각했는데
여전히 거기에 있었다.
그만 사라지라고,
이제 없어져달라고 울며 애원해도 그대로였다.
떼어내려 하면 더욱 선명해졌고
없애려 하면 할수록 더 많이 늘어났다.
결국 나는 그냥 끌어안고 함께 살아가야만 했다.

엉겨버린 。
실타래 。

풀려고 시도조차 해보지 않았던 건 아니다.

그러나 나도 모르는 사이에 엄청나게 꼬여버려

도저히 풀리지 않았다.

풀려고 하면 할수록 더더욱 서로 엉켜버렸다.

결국 그대로 내버려둘 수밖에 없었다.

한껏 꼬여진 채로.

그렇게 돌아서면 잊혀지리라 생각했다.

아무렇지도 않을 줄 알았다.

하지만 잊어버리려 할수록 자꾸만 생각났다.

거리를 걸을 때도, 밥을 먹을 때도,

잠을 자려고 누웠을 때도…….

그냥 덮어두고, 잊어버리고, 없던 일로 하려고 해도
덮어졌지만 존재하고, 결국 잊히지만 엄연히 있었던 일들.
부정하는 걸로는 아무것도 해결되지 않는다.

엉망으로 뒤엉켜 있는 실을
쉽게 풀어내는 방법

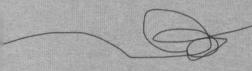

꽉 엉켜 있는 실타래의 매듭 부분을 손으로 대충 잡아서

바깥으로 살짝 늘이는 듯한 동작을 반복한다.

꽉 엉켜서 묶여 있는 부분을

느슨하고 헐겁게 만드는 느낌으로 손을 움직여야 한다.

느슨하고 헐거운 느낌.

그렇게 여유가 생겨야만

비로소 엉켜 있는 실을 풀 수가 있다.

그렇다면 현실에서 마주하게 되는 문제들에도

똑같이 적용할 수 있지 않을까?

마음을 여유롭고 느슨하게 만들어야만

쉬이 해결되는 일들도 분명히 있다.

같은.
자리.

중심보다는 주변에 있는 사람.

스포트라이트를 받기보다는 그림자 속에 머무르는 사람.

웃음보다는 울음이, 대화보다는 침묵이 어울리는 사람.

그런 나 자신을 있는 그대로 인정했다면

오히려 마음이 편했을 것이다.

하지만 나는 그런 모습은 진짜 내가 아니라고 생각하며

격렬하게 스스로를 부정했다.

지금 이곳에서 벗어나 새로운 곳으로 가면

진짜 내 모습을 찾을 수 있을 거라고.

'지금의 나'를 아는 사람들이 없는 곳으로 가서

새로운 사람들을 만나면 더 행복해질 거라고 생각했다.

그래서 늘 도망쳤다.

하지만 새로운 환경에서도 비슷했다.

주위 사람들은 바뀌었지만 여전히 나는 그대로였다.

항상 비슷한 고민을 하고 있었고 똑같은 문제로 상처받았다.

변한 것은 없었고 시간이 지나도 똑같았다.

'과거로부터 한 발짝도 나아가지 못하고 있는 것은 아닐까',

'그 상태로 몸만 커버린 것은 아닐까' 하고 생각했다.

결국 주변의 문제가 아니라 변하지 못하는 나 자신의 문제였다.

미래。

잊어버리지 않는다면,
내가 포기하지 않는다면,
언젠가는 그곳에 가닿아 꼭 이루어지리라는
작지만 분명한 희망이 있기에.

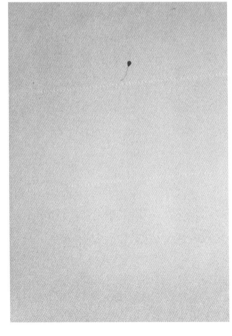

인간은 앞으로 앞으로만, 미래로 미래로만
한 방향으로만 나아가게 정해져 있다는 사실이
조금 슬프고 애잔하게 느껴진다.
지금 이 순간에도 시간은 계속 흐르고 있다.
그리고 그건 누구에게나 똑같다.

오늘도 우리들은 어제와 같이
아침에 일어나 집을 나서고
세상과 부딪치며 버거워하다
피곤한 몸을 이끌고 집으로 향한다.

그렇게 고단한 일상이지만
굳이 누군가에게 말하지는 않았어도
나 혼자 아는 것만으로도 충분한 꿈,
자신만의 꿈은 각자의 마음속에 있다.

미래는 자신에게로 오는 길을
누구에게도 쉽게 허용하지 않기에
그 꿈들이 예상치 못한 바람에
이리저리 휘청거릴 수는 있을지라도
결코 꺾이지는 않을 것이다.

영원히 손에 닿지 않을 것처럼
아득하게만 느껴질지라도
결코 포기하지는 않을 것이다.

잊어버리지 않는다면,
내가 포기하지 않는다면,
언젠가는 그곳에 가닿아 꼭 이루어지리라는
작지만 분명한 희망이 있기에.

2장

우리, 마음을
여는 순간들

아무리 가까운 사람이라도 서로 글씨나 말투, 걸음
걸이가 다르듯 세상을 살아가는 방식은 저마다 다
르다. 나와 다른 존재들 덕분에 웃음짓고, 오늘도
살아갈 힘을 얻는다. 정말 소중한 것은 가까운 곳에
있다.

침묵의。
대화。

책상 하나,
찻잔 두 개,

흐르는 음악,
적막한 공간,

우리의 교감은
그렇게 시작된다.

뜻밖의。
위로。

인간이라는 것이, 온전히 혼자라는 것이
너무 외롭게만 느껴질 때가 있다.
그런 나에게 어느 날 문득 조용히 다가와
아주 작은 몸으로 아주 작은 무게를 기대어
그 작은 면적으로 전해오는 온기로
외로웠던 온 마음을 따스하게 해주는 존재가 있다.
너는 나에게, 나는 너에게
그렇게 서로의 의미가 되어준다.

 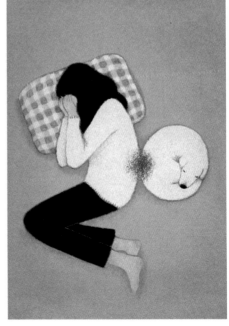

뜻밖의.
친절.

슬픔에 빠져 있는 사람에게
누군가가 베풀어준 예상 못 했던 친절은
마음에 생각보다 큰 파장을 일으키며 번져간다.

마음을.
연다는 것.

한 존재가 낯선 존재를 만나서 마음을 연다는 것은
아무래도 시간이 걸리는 일이다.
경계하는 상대방을 위해서 할 수 있는 거라고는
무릎을 굽혀 눈을 맞추며 편안한 미소를 지어주는 일.
괜찮아, 괜찮아라고 몇 번이고 말을 걸어주는 일.
시간이 얼마나 걸리든 그 자리에서 기다려주는 일.
느릿느릿 다가오는 상대에게 따스한 곁을 내어주는 일.

마음의 벽이 허물어지면서
일어나는 일

서로의 눈을 바라보는 것에 어색함이 사라진다.

특별히 무언가를 하지 않아도 함께 있는 것 자체가 행복하다.

눈에 보이지 않으면 자꾸 생각난다. 궁금하고 걱정이 된다.

함께 하고 싶은 것, 보고 싶은 것, 가고 싶은 곳이 늘어난다.

몸을 가까이하여 그 온기를, 무게를, 감촉을 느끼고 싶어진다.

작은 일에 행복해서 웃기도 하고, 슬퍼하며 울기도 한다.

사소한 행동의 변화나 말투 하나하나에 의미를 부여한다.

같이 있으면 시간이 빨라지고, 떨어져 있으면 시간이 느려진다.

좋은 것이 있으면 혼자 누리기보다는 알려주고 함께 하고 싶다.

아무 말도 하지 않아도 서로의 마음이 편안하다.

너의。
배려。

핀란드에서는 누군가 길에 스카프나 장갑이나 모자 등을 떨어뜨리면
발견한 사람이 그것을 근처에서 가장 높은 곳에 걸어둔다고 한다.
그 글을 읽고는 북유럽 사람들은 참 정직하고 다정하구나 생각했다.
그리고 얼마 지나지 않은 어느 날 버스에서 내려 집으로 걸어가는데
나무에 다소곳이 걸려 있는 무지개색 목도리를 발견했다.
아이의 것이 분명한,
그리고 빨래를 한 지 오래되지 않아 깨끗해 보이는 목도리였다.

아이는 집에 거의 다 다다라서야
소중히 여기던 색이 예쁜 목도리를 잃어버린 것을 깨달을 것이다.
큰 절망을 느끼며 걸어왔던 길을 되짚으며 구석구석 살필 것이다.
어쩌면 그냥 포기하고 집에 갈까 생각할지도 모른다.
그러다 버스정류장 근처에 있는 나무에 곱게 감겨 있는
자신의 목도리를 발견하고는 행복감으로 한걸음에 뛰어올 것이다.
빨간 볼을 더 빨갛게 물들이며.

친구의 。
자리 。

어느샌가 자연스럽게
곁에 다가와
서로의 어깨에 기대어
마음을 나누며
하루하루 살아가다가
시간에 쫓기어, 세상에 쫓기어
잊고 잊히고 떠나가기도 하지만
네가 나에게 선물해주었던 기억들
우리가 함께 만들었던 추억들은
아직 여기 마음에 그대로 남아있다.
그렇기에 비록 지금 함께가 아니라 해도
잊은 것도 잊힌 것도, 떠나간 것도 아니다.

엄마。
냄새。

나의 기억 속 남겨진 공간에는
항상 어머니가 계신다.

어느 날인가 소파에 누워 주무시는
어머니의 옆에 정말이지 오랜만에 누워봤다.

너무 커버린 나와, 너무 작아지신 어머니.
그래도 안아주시는 손길은,
따스한 품과 엄마의 냄새는,
그리고 그 사랑은
어린 시절 느꼈던 그대로였다.

너무 커버린 나는 작아지신 엄마의 품에서
다시 한번 어린아이가 되어버렸다.

부모님이 작아졌다고 느껴지는 순간들

몸의 어딘가가 아프다는 말씀에 괜히 겁이 덜컥 날 때.

부모님을 모시고 병원에 갔는데 보호자란에 내 이름을 적어넣을 때.

어릴 땐 당연히 부모님이 해주시던 일을 지금은 내가 하고 있다는 사
실을 발견했을 때.

간판이나 메뉴판, 신문에 있는 작은 글씨들을 큰 소리로 읽어드릴 때.

다른 사람들이 우리 엄마 아빠를 할머니 할아버지라고 부를 때.

날씨가 너무 춥거나 덥거나, 눈이나 비가 많이 오면 걱정이 될 때.

엄마가 만들어주신 반찬의 간이 점점 짜질 때.

의자에 앉은 채로 꾸벅꾸벅 잠에 드시는 모습을 바라볼 때.

옛날이야기를 몇 번이고 반복해서 계속하실 때.

문득 부모님의 뒷모습을 바라볼 때.

열정의 。
온기 。

내가 몸담고 있는 공동 작업실에는
여러 분야에서 활발하게 작업을 하고 있는 친구들이 모여 있다.
한 달에 한 번씩 모여서 그동안의 나아감에 대해,
그로 인해 배운 점들에 대해, 그리고
앞으로의 계획과 꿈에 대해 이야기를 나눈다.

분명 즐거웠을 경험들, 우연히 맞닿는 인연들,
각자가 맡게 된 새로운 일로 인해 배우고 느낀 경험들,
마음에 늘 품고 있었던, 또 새롭게 생겨난 꿈과
해야 할 일에 대해 이야기하는 친구들의 얼굴은
생기와 열정으로 어느 때보다 반짝거린다.

상대방의 일에 대한 꿈과 열정은 내게도 전염된다.
열띤 흥분과 두근거림이 어느새 나에게도 전달된다.
저만치 미뤄두었던 꿈들을 '나도 한번?' 하고 꺼내보게 되는 것이다.

때로는 삶이 마음대로 풀리지 않아 힘들고 지치기도 하지만,
함께 이야기를 나누는 사이에 다시 한번 마음을 다잡게 된다.
거친 바람에 떠밀려 뒤로만 계속 뒷걸음질치는 것 같다가도
함께 걷는 '동료'들이 건넨 손을 잡고 전해오는 그 온기에
다시 한번 앞으로 걸어가보자고 힘을 내게 되는 것이다.

너는。
알까。

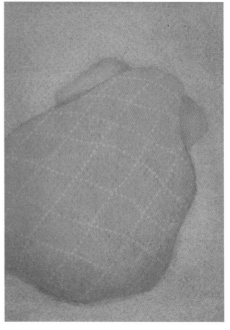

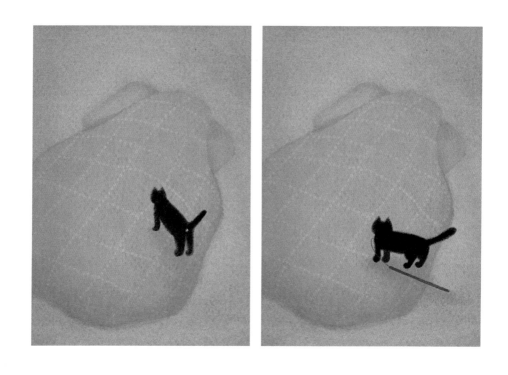

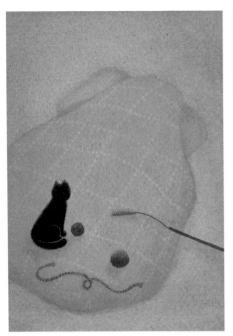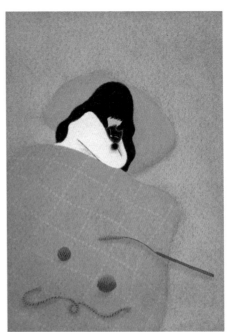

가장 슬프고 우울한 날에도 너는 한결같고
하염없는 마음으로 나에게 깊은 위안을 준다.
너는 알까?
작은 너의 존재가 나에게 얼마나 큰 위로가 되는지.

비가 전해주는.
메시지.

서로가 서로를 모를지라도
비가 오면 전해지는 메시지가 있다.
생각도 못 한 곳에서 만난 웃음 표시는
보는 사람의 입가에도 미소를 만든다.

말의.
홍수.

대화란 두 사람이 마치 배드민턴을 치는 것처럼
이쪽에서 저쪽으로 다시 저쪽에서 이쪽으로
리듬감을 가지고 통 통 통
그렇게 주고받을 때 즐거움과 의미가 생기는 것.

가만가만。
다가와。

생각이 많던 날, 가만가만 다가와
무릎 위에 가만히 머리를 올려놓던 순간.
너와 나는 말은 통하지 않아도
마음으로는 전해졌다고 믿는다.

같은 언어를 쓴다고 해서
모든 마음이 전해지지는 않는 것처럼,
다른 언어를 쓴다고 해서
소통이 불가능한 것은 아니다.

입으로만 말하는 것이 아니다.
눈으로, 손으로, 말투로, 행동으로 말한다.
그렇게 온몸으로 하는 말들은 상대방에게
놀라우리만치 빠르게 온전히 전달된다.

때론 몸의 언어가 더 많은 것을 말해줄 때도 있다.

사랑이 전해지는
순간들

"너는 내 인생의 다행이야."

"괜찮아, 너는 뭐든지 할 수 있어."

"조금만 더 힘내, 다 잘될 거야."

"네가 내 곁에 있어줘서 고마워."

"내가 태어난 이유는 너를 만나기 위해서야."

서로의 모습이 안 보일 때까지 돌아보며 손을 흔드는 연인.

뒤뚱뒤뚱 위태롭게 걷는 아이의 뒤를 가만히 따르는 엄마.

결혼식 날, 신랑에게 딸의 손을 건네고 돌아서는 아빠의 촉촉한 눈가.

앞치마를 매고 음악을 들으며 쌓여 있는 설거지를 해치우는 남편.

손을 꼭 잡고 계단을 오르는 노부부의 다정한 뒷모습.

너의 。
존재 。

아름다운 풍경을 보면서 가슴이 벅차
아름답다고 말하면 "정말 아름답네"라고
대답해줄 누군가가 옆에 있다는 것.
힘들다는 투정에 조금만 더 힘내라며
손을 꼭 잡아줄 누군가가 옆에 있다는 것.
한숨같이 뱉은 말이 혼잣말로 허공에서 사라지기 전에
소중히 받아주는 존재가 옆에 있다는 것.

너의。
마중。

마음을 나눈다는 건
길을 지나는 수많은 사람들이 아니라
'나'라는 사람을 기다려주고 알아봐주는,
그리고 또 반갑게 맞아주는 존재가 있다는 것.
그리고 나 역시 그런 존재가 된다는 것.
쉽게 다른 것으로 대체될 수 있는 게 아니라
그 세상 전부가 된다는 것.

하늘의 별빛。
땅의 사람빛。

불이 꺼지면 까맣게 어두워져서
처음에는 아무것도 보이지 않지만
눈이 어둠에 익숙해지고 나면
어둠을 덮고 있던 것들이 눈에 보인다.
아무것도 없다고 생각해도
그 자리에 분명히 있는 것들.

마음의 。
자리 。

인간은 텅 비어 있는 채로 태어난다.

선을 긋지 않은 새하얀 종이,
아직 연주되지 않은 음악,
안이 텅 비어 있는 파이프,
바람을 불어넣지 않은 풍선,
아무것도 채워지지 않은 가방같이.

그 텅 비어 있는 곳에
삶에서 만나고 관계를 맺은 사람들,
그들과 쌓아간 여러 가지 기억들,
시간을 버티며 얻은 경험과 생각들을
매일 채우고 버리며 살아간다.

3장

사랑은
다시 기억된다

서로를 점점 알아간다는 것, 시간을 그리고 마음을
나눈다는 것. 때론 행복에 넘치고, 절망하기도 하는
그 복잡하고 미묘한 떨림의 순간들.

100%。

100%로 행복했던 기억이 있나요?

있다면 어떤 기억인가요?

온 마음으로 행복했던,

인생에서 정점을 찍었다고 생각하는

그 순간을 마음에 담고

과거의 기억들을 곱씹으며

더이상 100%의 행복은 없을 거라 생각하며

살아가는 사람이 행복할까요?

아니면

언젠가 100%의 행복이 있을 거라 믿으며

조금씩 조금씩 보태어지는 행복을 느끼지만

영영 100%의 행복은 모른 채
살아가는 사람이 행복할까요?

100%라는 것이 있기는 한 걸까요?
모를 일이군요.

사랑。

때론 내리는 비를 막아주는 사람보다
함께 맞아주는 사람이 더 위로가 된다.

오랜 시간을 함께 보낸 친구들에게도 아주 어렵게 서서히 마음을 열 수 있었던 나는 어느 순간 내 인생에 들어와버린 그가 조금 버겁고 부담스러웠다. 내가 갖고 있는 특이한 지점과 부끄러운 부분들, 슬픔과 모순들을 보여주고 싶지 않았다. 그런 비밀들을 알아버리면 사랑하는 그가 금세 도망가버릴까봐 무서웠다. 행복한 척, 강한 척, 밝은 척 연기했다. 하지만 맞지 않는 사이즈의 옷을 입은 것처럼 어색했다. 내가 그렇게 느낄 뿐만 아니라 상대방도 그렇게 느꼈다. 그는 나에게 왜 솔직하게 대하지 않느냐고 말했다. 무언가 둘 사이에 벽이 가로막고 있는 것 같다고 느꼈다.

나는 사람들과 대화를 할 때 사람들의 눈을 보고 말하는 것이 힘이 들었다. 친구에게는 물론 연인에게도 마찬가지였다. 그래서 내가 고안해낸 방법은 상대방의 인중이나 이마를 바라보는 것이었다. 아니면 귀 너머의 공간에 시선을 두었다. 그러면 자연스러울 거라고 생각했다.

하지만 아니었다. 그는 왜 내가 자신의 눈을 바라보지 않을까 의아하게 생각했다. 하지만 그는 기다렸다. 자신의 눈을 바라봐줄 때까지. 어느 날인가 나는 비로소 그의 눈을 바라볼 수 있었다. 그리고 그의 눈동자 안에 내 얼굴이 그대로 담겨 있음을 깨달았다. 그가 나의 눈을 바라보고 내가 그의 눈을 바라보면 서로의 눈동자 가득히 서로의 모습이 담긴다는 것. 그 사실을 깨닫고 난 후에야 나는 어떤 사람과도 눈을 보며 이야기를 나눌 수 있게 되었다.

어쩌면 나에게는 그냥 시간이 조금 필요했는지도 모른다. 투명한 물에 물감을 풀면 그 색깔이 물속으로 서서히 번져가듯 그렇게 나의 삶에 스며들어주길 바랐다.

그는 그렇게 했다. 내가 "와, 좋다" 하고 말하면 "응, 좋네" 하고 말했다. 내가 웃으면 그도 웃었다. 어떤 일이 하고 싶다고 말하면 하면 된다고 걱정 말라고 말했다. 내가 나 자신도 모르는 이유로 울고 있으면 눈물을 닦아주고 손을 꼭 잡아주었다. 늘 곁에 있었다.

자신을 당장 이해해주기를 바란 것도 아니다. 그저 옆에서 손을 잡고 고개를 끄덕이며 이야기를 들어주는 것만으로도 실은 큰 힘이 된다. 때론 내리는 비를 막아주는 사람보다 함께 맞아주는 사람이 더 위로가 되는 것이다.

비뚜름하게.
서 있기.

사랑하는 사람이 생긴다고 비뚤어져 있던
자신의 삶이 당장 똑바로 세워지는 것은 아니다.
세상이 온통 핑크빛이 되면서 꽃이 휘날리고
두 사람만을 위한 BGM이 흘러나오지도 않는다.

두 사람 모두 똑바로 서 있을 수 있다면
서로를 바라볼 수는 있겠지만
서로가 서로의 버팀목이 되어주지는 못한다.

비뚤어져 있던 내가
비뚤어져 있는 당신을 만나
함께 기대어 서 있는 것이
사랑이 아닐까?

사랑이란

나를 잃지 않으면서도 너를 생각하는 것.

지키고 싶은 무언가를 공유하는 것.

어떠한 경우라도 서로를 탓하지 않는 것.

혼자 있어도 너를 생각하면 두근거리는 것.

말하지 않아도 마음으로 느껴지는 것.

그럼에도 말을 해야 전해지는 것.

두려운 순간에도 용기를 내는 것.

서로가 존재함에 감사하는 것.

항상 누려왔지만 처음 받는다고 생각하는 것.

가장 큰 행복을 주지만 또한 잔혹한 상처를 남기는 것.

아플 줄 알면서도 다시 한번 기대하게 되는 것.

그리고

아무리 정의하려 해도 잡히지 않는 것.

사랑이 。
시작되는 곳 。

그를 처음 만났던 순간을 기억한다.
사람들 속에서 나를 발견하고는
무표정하던 얼굴에 퍼지던 미소를 보았다.
찰나의 순간에 눈에서 반짝하던 빛을 보았다.

나는 그 순간 이런 나라도,
다시 사랑을 할 수 있을지도 모르겠다고 생각했다.
사람들에게 받았던 몇 번의 상처로
딱딱하게 굳었던 마음이
부드러워지는 것을 느꼈다.

사랑을 하면 자꾸만 그 사람이 보고 싶어진다.
그래서 바라보게 되고, 그러다 눈길이 마주치면
부끄러워 얼른 다시 고개를 돌린다.

내 마음을 알아주었으면 하는 마음,
하지만 내 마음을 너무 다 들키고 싶지 않은 마음,
그 사람의 마음이 궁금한 마음,
그 사람도 나를 사랑해줬으면 하는 마음이
뒤범벅되어 설렘과 절망이 한곳에 자리잡는다.

덜 사랑하느니 전력으로 사랑하느니 하는
계획 같은 것은 저편으로 밀려나버린다.

상대방의 눈을 가만히 바라보면
눈동자 가득히 내 모습이 담긴다.

사랑은 어쩌면 그렇게 서로를 바라보는
눈길에서부터 오는 것은 아닐까?

그의。
선물。

아무 날도 아니지만
문득,

상대방의 웃는 얼굴을 떠올리며
아름다운 꽃을 선물하는 일.

꽃병에 꽂아둔 꽃을 바라보며
문득,

꽃을 보며 나를 떠올린
그대를 생각하며 미소짓는 일.

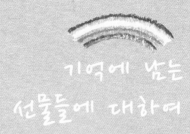

기억에 남는 선물들에 대하여

아무래도 어색함이 느껴지는 손글씨로 적혀진 사랑스러운 편지.
내가 그려달라고 하도 졸라서 당신이 서툴게 휴지에 그려준 내 얼굴.
언젠가 좋아한다고 지나가듯 말한 걸 기억하고 선물해준 알로카시아
화분.
당신이 나에게, 내가 당신에게 새롭게 붙여준 민망하지만 귀여웠던
애칭들.
신중하게 고르고 고른 좋아하는 음악이 가득 담긴 MP3 플레이어.
처음 만났을 때부터 지금까지 함께 찍은 사진들을 뽑아서 정리한
사진첩.
모양이 똑같은 운동화, 그걸 신고 함께 걸으며 만들어간 수많은
기억들.
나를 사랑스럽게 바라보던 너의 눈빛.
무엇보다도 따뜻했던 너의 진심.

표정。

평소의 표정   혼날 때   "간식주세요"

화낼 때   궁금할 때   겁먹었을 때

애교부릴 때   졸릴 때   우울할 때

누군가를 사랑하게 되면 상대의 얼굴과 행동을 유심히 바라보게 되고,
미묘한 차이에 주의를 기울이게 된다.
그래서 다양한 표정과 감정들을 상대방의 얼굴에서 찾아내게 된다.
내가 스스로 잘 표현하지 못한, 심지어 나조차 미처 몰랐던 감정들까지
상대방의 얼굴에서 발견할 수 있다.
그렇게 우리는 서로를 바라보며 어느새 서로를 닮아가는 것이다.

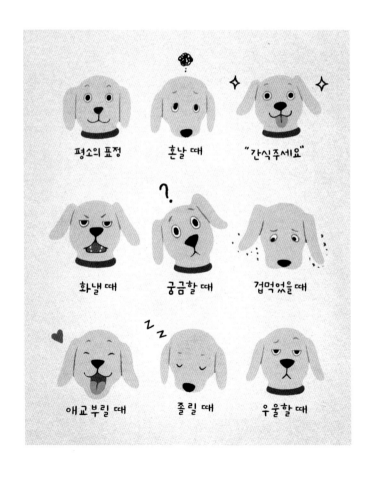

부드럽게.
어루만지는.

어쩌면 겨울은 사계절 중 가장 차갑고 잔인한 계절이지만 오히려 가장 따뜻하게 느껴지는 계절이기도 하다.

그날도 추운 겨울이었다. 두 사람이 카페에서 나오자 기다렸다는 듯 눈이 내리기 시작했다. 그는 내 코트가 활짝 벌려져 있는 것을 발견하고는 무릎을 굽혀 코트의 맨 아래 단추부터 하나씩 채워주기 시작했다. 눈이 소록소록 내려오다 그의 머리에 쌓이기 시작했다. 나는 손을 들어 그의 머리 위에 차양을 만들었다. 시간이 천천히 흐르는 것처럼 느껴졌다. 서로를 생각하는 마음, 그 마음들을 부드럽게 어루만지는 순간들. 이런 게 사랑이 아닐까?

겨울은 두 사람이 서로의 사랑을 추상적인 이미지로서가 아니라 그 실체를 현실 속에서 오감으로 감각할 수 있도록 도와주는 계절이 아닐까? 혹독한 추위 속에서 서로의 손을 잡았을 때 느껴지는 따스함, 하고 있던 목도리를 나에게 둘러줬을 때 전해지는 그 사람의 온기, 안았을 때 느껴지는 체온과 심장의 두근거림 등등…….

다툼과.
화해.

두 사람이 함께 짐을 들고 걸어갈 때, 한 사람이 조금 더 힘을 주어 짐을 들면 나머지 한 사람은 그 짐을 조금 더 가볍다 느끼며 편안해진다. '생각보다 별로 무겁지 않잖아, 쉬운 일이네'라고 느낀다.

안타까운 것은 상대방을 생각하는 마음으로 더 힘들게 짐을 들고 가는 사람의 입장이 되어보지 않으면, 그 일은 언제까지고 나머지 한 사람에겐 가벼운 일이 된다는 것이다. 사람의 배려와 양보를 당연한 것으로 받아들이게 되면 한쪽 사람은 곧 지쳐버리게 된다. 균형이 동등하지 않게 되어 한쪽으로 치우치게 될 경우, 그 관계는 금세 무너져버린다.

두 사람의 관계에서 가장 중요한 것은 대화가 통하느냐 통하지 않느냐인 것 같다. 상대방에게 서운한 일이 있어서 그것을 솔직하게 말했는데 도리어 화를 내는 사람도 있다. 따지고 싶은 마음도, 싸우고 싶은 마음도 없었는데. 그저 힘든 마음을 알아주었으면 하는 마음이었는데 상대가 버럭 화를 내거나 자신의 주장만을 강조한다면 그 관계는 더이상 지속하기 힘들다.

어떤 관계에서는 문득 나 혼자서만 너무 일방적으로 희생하고 있는 것처럼 느낄 때도 있다. 실제로 그런 경우도 있겠지만 막상 대화를 해보면 상대방 역시 내가 상상도 하지도 못한 큰 배려를 하고 있었는데 눈치채지 못했을 경우가 많다. 그 배려가 너무 일상적이고 당연한 일이 되어서 특별하다고 생각하지 못하는 경우도 많다. 그렇기 때문에 대화는 꼭 필요하다.

사랑하는 사람과는 특히 더.

다툼이 일어나는
이유들

내게 소중한 것들이 그에게 큰 의미가 없다는 것을 느꼈을 때.

단지 들어주기만을 바랐을 뿐인데 자기 일에만 몰두할 때.

상대방에 대한 배려 없이 자신이 하고 싶은 대로 강요할 때.

앞에 있는 나를 눈에 보이지 않는 것처럼 무시할 때.

진심으로 부딪치는 사람에게 진실하지 못한 태도를 보일 때.

나라는 존재가 상대방에게 존중받지 못한다는 생각이 들 때.

아무리 해도 대화가 통하지 않아서 답답할 때.

한쪽이 일방적으로 더 많은 희생을 하고 있다고 느낄 때.

하고 싶은 일을 이유도 없이 자꾸만 못 하게 막을 때.

더이상 자유롭지 않고 구속받고 있다고 느껴질 때.

너에게 。
다가가기 。

슬픔은 어디에서 오는가.

슬픔은 늘 같지 않음에서 온다.

나는 늘 이편에 서 있었기에

저편의 아픔을 알지 못했다.

저편에 서 있고 보니 저편에도

이편 못지않은 아픔이 있다.

슬픔도 있다.

저편에 있었기에

저편의 슬픔을 안다.

이편에 있었기에

이편의 슬픔 또한 이해한다.

그렇게 경험할 수 있었음을

다행이라 여긴다.

하지만 경험했다고, 안다고,

달라지는 것은 아무것도 없다.

오히려 양쪽의 아픔을 모두 알기에

더 큰 비극이 시작되는 것은 아닐까.

몰랐다면 몰랐던 그대로

행복할 수 있었을지도 모른다.

지금 와서 돌아보며 아팠겠구나 한다.

너도 나만큼이나 아팠겠구나…….

사람은 여러 가지 면을 갖고 있다.
눈부시게 반짝이는 부분도,
견딜 수 없이 지질한 부분도.
그런 부분을 내보였을 때,
그럼에도 곁에 남아주는 사람이 진짜라고 생각했다.
내가 누구여서가 아니라 그냥 나여서 아무런 편견도 없이
나를 나대로 봐주는 사람이 진짜가 아닐까 하고 생각했다.

누군가에게 다가간다는 것, 누군가의 마음속에 들어간다는 것은
가장 어둡고 내밀한 부분도, 가장 흔들리는 부분까지도
함께 흔들리며 감당하겠다는 뜻인지도 모르겠다.

빛의 。
그림자 。

한 사람이 다른 사람을 만나서 사랑하는 마음이 생기면 벅차오를 만큼 반짝이는
빛이 가슴속에서부터 가득히 생겨나는 것 같다. 그 빛은 엄청나게 큰 변화를 일으
키기 때문에 자기 자신은 그 반짝임을 처음부터 인지하고 있지만, 상대방에게 그
빛은 원래부터 자신을 감싸고 있었던 당연한 따스함일 뿐이다.

그 반짝이는 빛은 세상을 집어삼킬 만큼 거대한 빛으로 번지기도 하지만, 작은 바람에도 흔들리고 깜박거리다 꺼져버리기 쉬운 아주아주 약한 빛이라 작고 별거 아닌 실수에도 이내 그 빛을 잃어버릴 수 있다. 그래서 조심해야 하고 더 소중히 여겨야만 한다. 하지만 당연한 일상이라 느끼고 나면 사람은 무뎌지고 만다.

처음에 자신을 감싸는 거대하고도 따스한 반짝임을 알아채지도 못했던 상대는 그 다정한 빛이 따스함을 잃고 서서히 사그라져가는 것은 잔인할 만큼 너무나 쉽게 눈치채고 만다. 그 빛은 사실 하나하나가 자신의 분신이라 말할 수 있다. 상대방의 마음속에 자리잡고 있는 자신의 분신. 그런 존재가 빛을 잃어간다는 것은 자신의 존재 하나하나가 그의 안에서 죽어감을 뜻한다.

그렇게 그 안의 빛이 하나씩 하나씩 죽어가는 동안 자신 안의 반짝임도 조금씩 빛을 잃어간다. 피부에 생기를 잃고, 눈에 반짝임을 잃고, 사랑에 벅차 아름답게 반짝이던 얼굴은 표정을 잃는다. 아름답게 반짝이던 세상은 그 빛과 색을 잃고 그저 우울함뿐인 하루하루를 반복하게 된다.

마음을。
털어놓을 곳。

건강한가요?
잘 지내고 있나요?
걱정하던 일들은 잘 풀렸나요?

당신은 나를 벌써 잊었나요?
이젠 아무렇지 않나요?

… 왜 그랬나요?

받을 사람이 사라져
전해지지 못한 말들이
허공을 떠돈다.

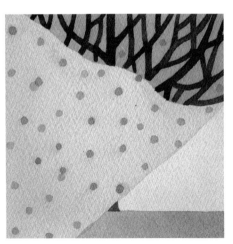

과거。
현재。
미래。

아끼는 털모자를 잃어버린 후, 의기소침해져버렸다. 정말 좋아했던 하늘하늘한 상아색 여름 원피스도, 무늬가 귀여운 발목 양말도 사라져버렸다. 좋아하는 물건들만 쏙쏙 골라서 없어져버리는 이 상황에서 무언가 음모가 벌어지고 있다는 결론을 내렸다.

좋아하는 것들이 모두 사라져버리면 어쩌지?

걱정하다가 좋아하는 것들을 더 많이 만들어야 할 필요가 있겠다고 생각했다.

사람은? 좋아하는 사람들은 어쩌지?

'가장' 좋아하는 사람이 없으면 괜찮을까?

좋아하는 사람들은 모두 그대로 두고, 누군가를 가장 좋아하지만 않으면 될까?

벌써 가장 좋아져버린 사람이 있다면? 덜 좋아하면 될까?

그렇게 모든 마음을 똑같은 키로 만들면 괜찮은 걸까?

좋아하는 것들을 더 많이 만드는 게 아니라, 아무것도 좋아하지 말아야 할까?

그러면 괜찮을까?

어떤 것이 가장 좋을까? 어떤 것이 가장 현명한 선택일까?

무언가를 온 마음을 다해 좋아하고, 사라짐을 감수하는 편이 좋을까?

아니면 나중에 상처를 받지 않도록 처음부터 마음을 덜 주는 편이 나을까.

그런데, 그게 가능하기나 할까?

관계라는。
게임。

관계라는 것이 나무 블록을 번갈아가며 쌓아올리는 게임과 비슷하다는 생각이 들었다. 처음에는 상대도 나도 서로의 차례에 가지런하게 조심조심 블록을 쌓아올린다. 그러다 어느 순간부터 초반의 신중함은 사라지고 대충 편하게 아무데나 블록을 올려놓으면서 탑은 불안하게 휘청거린다. 기초를 단단하게 만들어놓지 않으면 머지않아 쉽게 무너진다는 점도 비슷하다.

쌓아올린 탑은 종종 무심하게 무너져버린다. 다시 쌓을 수 있을까 묻고, 똑같겠지 하고 체념한다. 또다시 누군가를 만나 사랑을 한다면 그 빛을 잃어버리지 않을 거라고 다짐한다. 세상을 밝힐 정도로 활활 타오르지 않아도 좋으니 오래도록 은은하게 빛나서 소중히 지킬 거라고 결심한다.

4장

때론 눈물이
필요한 이유

우리는 무엇이 두려운가, 슬픔은 나눌 수 있는가,
우리는 무엇을 잊지 못하는가, 도대체 치유는 가능
한가, 미련, 슬픔, 이별, 그 쓸쓸함에 대하여,

낡은.
곰인형.

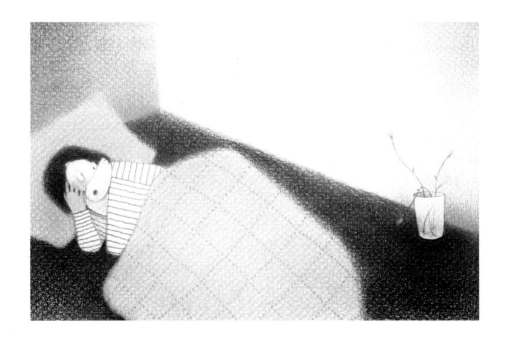

초등학교 때, 가장 친했던 동네 친구가 전학을 갔다. 아마도 내가 인생에서 최초로 마주했던 이별의 경험 아니었을까. 그 친구는 떠나면서 나에게 작은 강아지 인형을 선물로 주었다. 나는 그 인형에게 이름을 붙여주고 살아 있는 친구처럼 소중히 대했다. 외로울 때 그 인형을 안고 있으면 왠지 마음에 의지가 되었다. 마음속 이야기를 털어놓기도 했고, 언제 어디든 같이 다녔다.

그렇게 가까웠던 친구와의 연락은 시간이 지나니 곧 끊어졌지만, 그 낡은 인형만은 아직도 여전히 소중하게 간직하고 있다. 떨어진 귀와 다리를 어린 내가 어설프게 꿰맨 자국도 남아 있다. 나의 겉모습은 벌써 어른이 된 지 오래되었지만 내 안에는 어린아이가 남아서 어리둥절하고 있는 것 같다.

… 여전히 이별이라는 것에는 면역력이 생기지 않는다.

너와 나의 。
사진기 。

'좋았었지', '행복했었지'라는 과거형의 말들이 담고 있는 진실은
지금은 좋지도, 행복하지도 않다는 자각일지도 모른다.

사진은 신기하다. 이제는 잡을 수도 되돌릴 수도 없는 시간들을 그대로 담아내어 기억으로 되돌려준다. 아름다운 순간들은 그렇게 간직될 수는 있으나 재현될 수는 없다. 담긴 기억들은 아름다울 수는 있으나 행복을 주지는 못한다. 지금 현재를 대신할 기억은 없다.

과거의 행복했던 기억들은 결국 날카롭고 차가운 칼날이 되어 마음을 난도질한다. 행복하면 행복했을수록 더 많이 아프다. 슬프고 힘들기만 했던 기억들도 시간이 지나면서 점점 아름답게만 보인다. 그래서 더 아프다.

이럴 바에는 차라리 아무 기억도 없는 편이 나을 거라고 생각하게 되어버리는 것이다. 그러면 최소한 그런 어마어마했던 행복의 상실이라는 것을 경험하지 않아도 될지 모른다. 그 상실감으로 인해 상처받지 않을 수 있었을지도 모른다.

현실의 부정도, 미래의 가정도 결국은 후회와 미련에서, 현실이란 것으로부터 도망치고 싶은 마음에서 비롯되는 것은 아닐까. 현실과 마주서는 것이 무서워서 비현실 속으로 도망치게 되는 것이다. '좋았었지', '행복했었지'라는 과거형의 말들이 담고 있는 진실은 지금은 좋지도, 행복하지도 않다는 자각일지도 모른다.

기억의 。
강 。

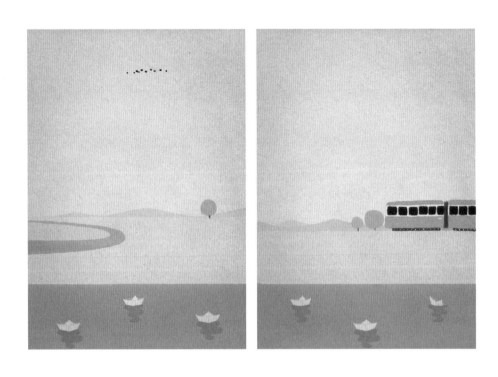

그와 그녀 사이를 기억의 강이 흐른다.

그와 그녀 사이를 기억의 강이 흐른다.

그는 멀찍이 서서

사라지는 종이배를 바라보고 있지만,

그녀는 기억 속에서 아직 벗어나지 못하고 있다.

그녀가 띄워보내는 종이배는 역시 기억이다.

그녀는 계속해서 기억을 접어 강으로 띄워보내지만

그 기억들은 역시 그에게 차마 닿지 못하고

강 속으로 계속해서 빠져들어간다.

결국은 벗어날 수 없는 기억의 순환 같은 것일까.
녹아 없어져버리는 것이 아니라
강바닥에 조용히 잠기어
없는 듯이 있다가 다시 떠오르기도 하고,
그대로 잠겨있기도 하는…….

하지만 어딘가에는
분명히 남아 있는 것이
바로 기억이다.

공간의 。
위로 。

볼을 타고 계속 흐르는 눈물은 바닥에서부터
찰방찰방 차오르다 이윽고 화장실을 전부 채워버린다.

사춘기는 누구에게나 온다. 심지어 어른이 된 후에도 온다.
한 번만 오는 것이 아니라 지속적으로 격렬하게 온다.
그 시기에는 몸에 감정들이 차고 넘쳐서 감당하기가 힘이 든다.
어떤 사람은 그럴 때 혼자가 되어야 하고, 혼자여야만 한다.
슬픔은 때로 주변 사람들을 향한 분노라는 형태로
분출이 되기도 하고 그렇게 행동하는 스스로가 싫어서
울음을 터뜨리고 심한 자책을 하기도 한다.

그럴 때 마음에 편안함과 안정을 주는 장소는 사람마다 다르다.
누군가는 침실이라 하겠고, 누군가에겐 장롱 속이 될 수도 있다.
그리고 어떤 사람에게는 화장실이
참았던 눈물을 쏟아내기에 가장 좋은 공간이 되어준다.
방이나 거실은 사람들이 쉽게 오갈 수 있는 개방된 공간이지만,
화장실은 문만 탁 닫으면 지극히 개인적인 공간으로 변하여
누구도 방해할 수 없는 안전한 느낌을 주는 공간이 되어준다.

문을 잠그고 물을 세게 틀고는 벽에 기대어
몸을 작게 웅크리고 앉아서 소리내 울고 나면
들쑥날쑥하던 마음이 조금은 진정된다.

볼을 타고 계속 흐르는 눈물은 바닥에서부터
찰방찰방 차오르다 이윽고 화장실을 전부 채워버린다.
물이 차고 넘치면 물살을 타고 다른 세계로 도망갈 수 있을까?
지금 이곳만 아니라면 어느 곳이든 괜찮을 것 같다는 생각이 든다.

일상보다는 상상의 영역으로,
현실보다는 꿈의 영역으로
쉽사리 도망칠 수 있다.

울다 울다 지쳐 더이상 눈물이 나오지 않을 때는
바닥에 누운 채로 천장을 바라보며 그냥 있다.
누군가가 문을 두들기든 신경쓰지 않고
마음이 충분하다고 말할 때까지 그냥 그렇게 있다.

그렇게 스스로의 감정을 충분히 집중하여 느끼고,
마음껏 분출한 후에 휴식을 취하는 시간들은 중요하다.
그 덕분에 산산이 부서지지 않고 버티고 사는 사람들이 있다.

세상에는 그런 사람들이 생각보다 많다.

안녕。

사람의 마음이란 게 참 웃긴 게
처음에는 조금씩 신중하게
오랜 시간 걸려 쌓으면서도
한순간에 무너트리기도 한다.
무너져내리고 있다는 것을
알아차렸을 때는 이미 늦었다.
마음이 그렇다.

상처。
그후。

언젠가 가까운 사람으로부터 가볍게 공을 던지듯 툭 나에게로 던진 말을 듣고 큰 상처를 받은 적이 있다. 그 사람에게는 어쩌면 그냥 지나 가는 장난이었을 수도 있지만, 어떤 사람에겐 깃털처럼 느껴지는 가벼 움이 다른 누군가에겐 온몸으로 짊어져야 할 무거움일 때도 있다.

스트레스를 받거나 마음이 아픈 일이 있으면 심장 쪽이 타는 듯 아 팠다. 병이 생긴 게 아닐까 싶어서 병원도 가보았지만 별문제가 없었 다. 어쩌면 이 고통은 마음의 고통으로부터 온다는 생각이 들었다. 어 느새 아픔에 익숙해져서 안 아픈 건지, 안 아프고 싶어서 안 아픈 건 지 알 수 없게 되어버렸다. 이러다 말겠지 하는, 희망인지 체념인지 모 를 마음으로 계속해서 고통이 진정되기만을 기다린다.

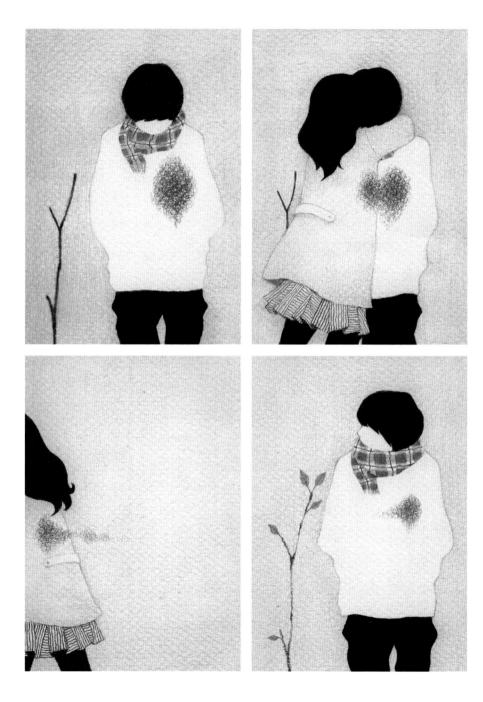

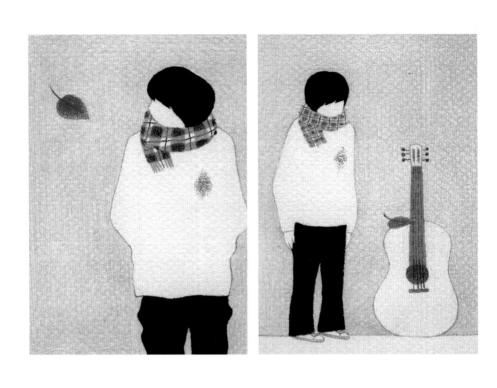

슬픔에 빠진 사람에게 무슨 말을 할 수 있을까. 그냥 조용히 안아주는 것과 어깨를 토닥여주는 일 외에는 할 수 있는 것이 없다. 몸으로 가만히 전해오는 타인의 무게를 느낄 때, 오히려 여러 가지 말을 들을 때보다 더 위로가 된다. 관계에서 받은 상처는 관계를 통해 치유되어야만 한다. 꼭 사람이 아니어도 괜찮다.

나무에서 피어난 작은 싹을 보았을 때나 나무가 만들어주는 그늘 안에서 쉬다가 문득 위로를 받기도 한다. 더운 몸을 식혀주는 바람이 너무 부드러워서, 천막에 고여 똑똑 떨어지는 빗물을 받으려고 놓아둔 양동이가 정겨워서, 햇볕에 보송보송 마르는 이불이 따스해서, 우연히 들어간 카페에서 먹은 케이크가 너무 달콤해서 마음이 스르르하고 풀리며 '이런 게 사는 거지 뭐'라고 행복을 느낄 때도 있다. 인간은 망각을 하는 존재라는 사실도 도움이 된다.

시간이 흘러가면서 모든 상처는 조금씩 조금씩 치유되기 마련이다. 기다림의 시간은 길고 지루하지만 아무리 큰 상처라도 조금만 기다리면 피가 굳고 살이 붙어 딱지가 생기고 곧 아문다. 때론 흉터가 생기기도 하지만, 더이상 아프지는 않다.

나를.
잊지 마세요.

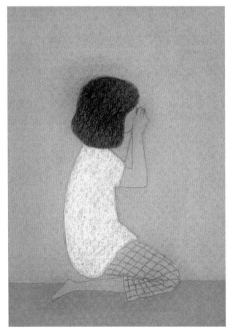

당신의 기억 속에서 나를 지우면,
나는 이내 사라져버리고 말아요.

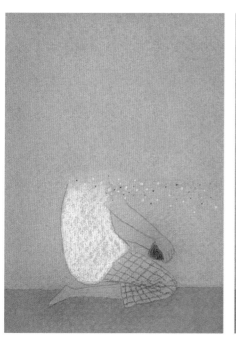

걷다가 문득 리셋하고 싶다고 생각했다.

인생 자체를 통째로.

그리 불행하지도 않고,

오히려 행복한 축에 속하는데 왜일까.

알 수가 없다.

리셋 버튼이 인간의 몸에도 있어서

뾰족한 걸로 찔러 초기화된다면,

과연 나는 인생에 몇 번이나 그 버튼을 누르게 될까.

이 세상에 어떤 사람도 더이상 나를 기억하지 않는다면

그때야 비로소 죽는 것이 아닐까 생각했다.

한때 세상의 전부라 믿었던 내가 사랑하던 그 사람이

나를 잊어버린다면, 그것이 바로 죽음이 아닐까 생각했다.

우리는···

혼자라고 말하면서도 함께이기를 꿈꾸는 존재.

매번 좌절을 겪지만 희망을 버리지 않는 존재.

상대방의 작은 실수에도 크게 상처받는 존재.

한마디로 정의할 수 없이 복잡하게 꼬여 있는 존재.

완벽해지려고 하지만 언제까지나 불완전한 존재.

절대로 잊지 말아야지 하면서도 늘 잊어버리는 존재.

안으로 안으로 침잠하면서도 늘 세상 밖을 동경하는 존재.

텅 비어 있는 채로 태어나지만 그 안에 기억들을 채우는 존재.

모순투성이지만 그래도 사랑할 수밖에 없는 존재.

어느 날 문득。
젖어드는。
슬픔。

사랑은 슬픔이 되고, 슬픔은 그리움이 된다.
그리움은 미움이 되어 마음속 깊은 곳에 침전된다.
침전된 미움이란 것은 다시금 미련으로 탈바꿈된다.
미련이란 이름의 그것은 사랑이란 이름으로는
다시 바뀌지 않을 것이란 걸 안다.

눈물。

똑같은 속도로 달려가던 마음은 그 목적지를 잃고
내가 좋아하던 그곳들엔 모두 너의 기억들만 가득 묻어 있다.
영원으로 이어지지 않는 기억들은 그저 과거 속에 머물며
더 행복하면 행복했을수록 아픈 기억의 조각이 된다.
막연했던 미래 또한 차가운 현실이 되어
흘러가는 시간 속에 멈춰버린 나에게 상처만을 남긴다.
그저 속으로만 참아내는 나는 마음속으로 눈물을 흘리고
찰랑찰랑 소리를 내며 고여가다
불현듯 터져버리고 만다.

그렇게 흘러넘쳐버린 눈물은
세상을 뒤덮을 만큼 엄청나다.
그렇게 눈물에 잠겨버린 세상 속에서
모든 것은 사라져간다.

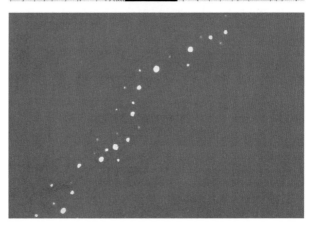

너의。
기억。

당시에는 많이 아프지만
그 아픔이란 것은 이내 사라져버리고
아픔의 흉터만 그 자리에 남는다.

그 흉터 언저리엔
좋았던 행복했던 기억들만이
시간이 지날수록 더욱 많이 쌓여가
아프게 만든다.

마음을……
기억을…….

잘 가。
안녕。

'잘 가'라는 말에 담긴 가지 말라는 말,
'안녕'이라는 말에 담긴 사랑한다는 말은
상대방에게 채 닿기도 전에 허공에서 부서져버린다.

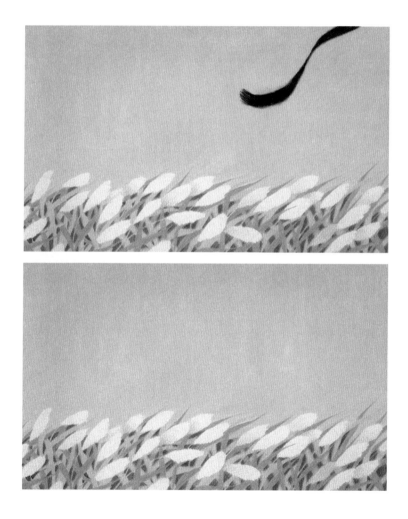

당신이。
알아주면。
좋겠어요。

어느 날, 길을 걷고 있는데 내 앞에서 혼자 아장아장 걷던
아이가 뭔가에 발이 걸려 픽 하고 앞으로 넘어졌다.
'아이고, 아프겠다, 울겠지?' 생각하며 일으켜 세워주려고
다가가는데 아이가 혼자 벌떡 일어나더니 주위를 둘러보았다.
'꼬마가 넘어져도 울지도 않고 대견하네' 생각하고 있는데
멀리서 아이를 보고 있던 엄마가 괜찮냐며 서둘러 다가오자
그때부터 아이는 이마를 가리키며 엉엉 울기 시작했다.

수신자가 분명히 정해져 있는 울음이었다.
모르는 사람보다 사랑하는 엄마가 알아주길 바라는 아픔이었다.
엄마가 괜찮다며 끌어안고 다독다독 등을 두들겨주자
아이는 금세 눈물을 멈추고 웃었다.

웃음은 아무때나 누구에게나 쉽게 보일 수 있지만,
눈물은 신뢰하는 몇몇 사람들 외에는 보여주기 힘들다.
이 사람 앞에서는 무너져내려도 괜찮을 거라는 믿음.
그로부터의 진정성 있는 위로는 마음으로 바로 전달되어
더 많이 아프지 않고, 회복할 수 있도록 도와준다.

상실의 시대를。
살아가는。
존재들。

사라지기 전에는 그것이 내게 있었다는 것도 잘 모른다.
사라지고 나서야 그것이 나에게 얼마나 소중했는지 알게 된다.
떠나가고, 없어지고, 지워지고…… 후회는 언제나 뒤에 남는다.
익숙하던 무언가를 떠나보내는 일은 슬프고 외롭다.
하지만 비어 있어야만 다시 채워질 수 있기도 하다.
그렇게 다시 채워진 공간은 따뜻하고 충만하다.

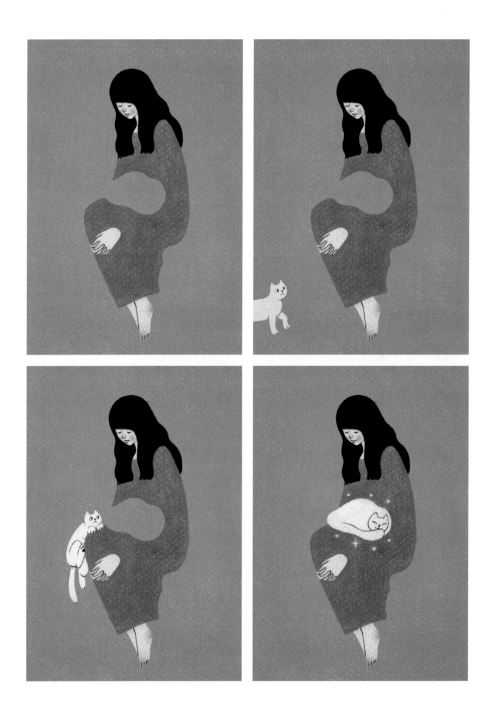

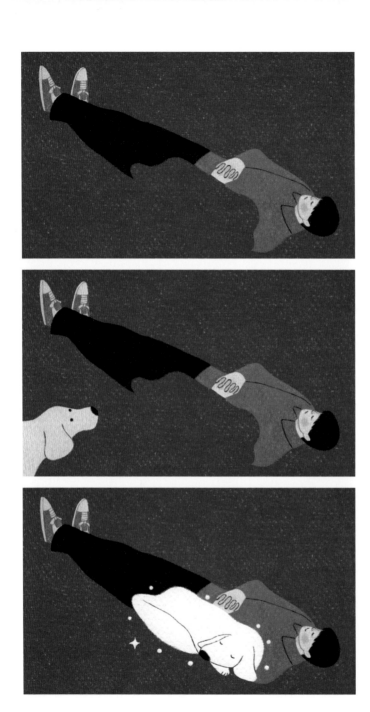

5장

세상을 여행하는
저마다의 수식들

순간의 기억들과 찰나의 감정들. 나로부터 너에게
로, 너로부터 나에게로, 평범한 삶에서 전해지는 따
뜻한 위로들. 그 모든 기억들을 안고서 우리는 세상
으로 나아간다.

공간의。
온도。

지금도 그곳에 있는
과거의 슬프고 외로웠던 나.

그리고……

아직 그곳에 머물러 있을

언젠가의 나에게 건네는

작은 위로.

한 도시에 얼마나 오래 살았든, 혹은 잠시만 머물든 자주 찾으며 마음을 내려놓는 장소들이 있기 마련이다. 그냥 멍하니 앉아 있던 골목, 눈물을 뚝뚝 흘리던 강가, 종이비행기를 잔뜩 접어서 날렸던 4층 창가, 혼자서 음악을 들으며 일기를 쓰던 벤치 등등. 그런 곳에 홀로 머물 때 사람들은 물론 기쁠 때보다는 슬프고 우울할 때가 많다.

나에게도 그런 장소가 있다. 시간이 많이 지났지만 지금도 그 장소에 가면 그때의 나 자신을 만날 수 있을 것 같은 기분이 든다. 그런 장소에 머물러 있는 과거의 슬프고 외로웠던 나에게 지금이라도 위로를 건네고 싶다고 생각했다. 그 아픔을 가장 잘 아는 내가 나에게, 그렇게라도 하지 않으면 영원히 치유되지 않을 것 같다고 생각했다.

어쩌면 그때의 내가 그곳에서 어마어마한 슬픔에 잠겨 있다가도 결국은 엉덩이를 툭툭 털고 일어나 다시 일상으로 돌아갈 수 있었던 것은 현재의 내가 과거의 나를 찾아가 어떻게든 그 위로가 전달되었기 때문은 아닐까 생각해본다.

현실에서는 불가능하다 해도, 누가 뭐라고 해도 나의 세상에서는 무엇이든 가능하다. 현재의 내가 과거의 나에게 위안을 줄 수 있다면, 미래의 나도 지금 나에게로 와줄 것이다. 그렇게 생각하니 마음이 든든해졌다.

오래전의 。
가을 。

가을이면 나무들의 잎들 색깔이 알록달록하게 변해가는데
땅에 떨어진 낙엽들 중 깨끗한 잎들이 눈에 띄면
버릇처럼 얼른 주워서 읽던 책의 페이지에 곱게 끼워두곤 한다.
수분을 많이 머금고 있던 잎들을 끼워두면 페이지들이
주글주글해지기도 하지만, 나름대로 낭만적이라고 생각한다.
그해 가을의 낙엽들만 모아 봉투에 넣고
연도를 적어놓을 때도 있지만
대부분은 그냥 까먹고 다 읽은 책을 그대로 책장에 꽂아놓는다.
그리고 몇 년이 지나 우연히 펼쳐본 책에서
낙엽들이 사르르 떨어지면
오래전의 가을로부터 편지를 받은 듯 반가운 기분이 드는 것이다.
그로부터 잊었던 그해 가을의 기억들이 떠올라
먹먹해지곤 하는 것이다.

봄에는 꽃들을 말려놓고, 여름에는 조개껍질과
돌 조각들을 줍고, 가을에는 낙엽들을 말려놓는다.
계절을 보내는 작고 소소한 나만의 의식이자,
사라지는 시간들을 영원히 보관할 수 있는 타임캡슐 같다.

속삭임.

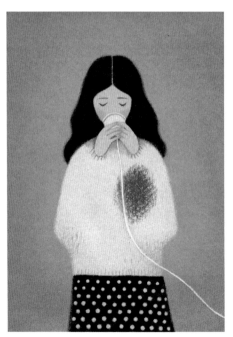

큰 목소리로 하는 말들이
상대에게 더 잘 전달될 거라 생각하지만
작은 목소리로 소곤거릴 때
오히려 더 귀를 기울이고 집중해서 듣게 된다.
마음속에서 신중하게 고르고 골라 전하는 말들은
그리 많은 말을 보태지 않아도, 부러 힘을 주지 않아도
신기하게도 마음에서 마음으로 그대로 전달된다.

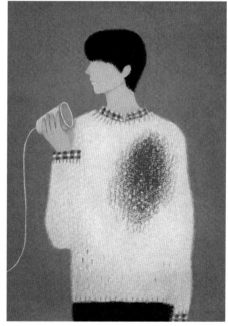

원점。

계속 그 자리에 머물러 있는 것처럼 보여도
사실 수많은 방법으로 돌고 또 돌아서
비로소 그 자리에 돌아온 것일지도 모른다.
그리고 그 모든 방법들은 무의미하지 않다.
그렇게 방황하는 동안 눈으로 보고 귀로 듣고
코로 맡고 손으로 만지며 몸으로 겪은
모든 경험들은 몸안에 스며들어 하나가 된다.

비눗방울。

방울방울 날아오는 비눗방울들을 발견한 모든 존재들의 입가에는
미소가 떠오른다.
비눗방울에는 모두 한 번은 꼭 지나온 어린 시절에 대한 그리움이 담겨 있다.

바람을 타고 위로 날아가는 방울들을 언제까지나 터지지 않으리라는
헛된 기대감을 갖고 눈으로 좇다가 어느 틈엔가 퐁- 하고 터져버리면
안타까운 듯 한숨을 쉬게 되는 것이다.
결국은 가닿지 못한 어릴 적 꿈같이, 이루지 못한 사랑같이 느껴지는 걸까.

사진과.
추억.

오늘은 사진을 찍어야지, 마음먹고 카메라를 챙겨 밖으로 나오면 평소와는 다른 시선으로 세상을 보게 된다. 바쁘게 지나가느라 보지 못했던 가게 앞에 가지런히 놓인 마른 꽃들에도, 돋아난 새싹이며 나란히 앉아서 꾸벅꾸벅 졸고 있는 고양이들에게도 한 번 더 눈길을 주게 된다. 특별한 작품을 찍는 것이 아니더라도 일상 속에서 그렇게 다른 시선으로 세상을 볼 수 있는 계기를 준다.

사람이 카메라를 들어 사진을 찍는 순간에는 각자의 여러 사연들이 담긴다. 소중한 시간을 간직하고 싶거나, 시각적으로 무척 아름다워 남기고 싶거나, 사랑하는 존재와의 추억을 기억하고 싶거나. 사진을 찍는 건 슬프고 힘들 때보다는 행복하고 즐거워 남기고 싶을 때라고 생각한다.

하지만 어쩌면 정말로 사랑스럽고 행복한 순간은 사진으로 절대 담을 수 없는 것 아닐까? 카메라를 가져오려고 자리를 뜨는 순간, 이미 사라진다. 운이 좋게 카메라가 있었다고 해도 렌즈를 들이대는 것보다는 그 아까운 순간을 100% 온전히 즐기는 편이 더 좋다.

사진을.
정리하다가.

사진은 사라지는 기억들을 그대로 간직해주는 타임캡슐 같다.
까맣게 잊고 있다가도 사진을 보면 어렴풋하게나마 떠오르니까.
갑자기 씁쓸한 추억으로 소환되어버려 아플 때도 있지만,
대체로는 어떤 그리움으로, 입가에 미소가 지어진다.
그렇게 기억은 쌓여간다.

시간이 지나도
잊고 싶지 않은 순간들

파란 새벽, 아무도 없는 공원에서 친구와 함께

조용히 쌓여가던 눈을 바라보던 순간.

마음을 고백받은 날, 집을 향해 걸으며

그가 내민 손을 처음 잡을 때의 설렘.

사랑하는 개가 세상을 떠나기 직전에 작별 인사를 하듯

고개를 들고 바라보던 순간.

그의 자전거 뒤에 타고 음악을 들으며

낯선 곳을 여행하던 날의 행복.

처음으로 내가 작업한 책을

서점 신간 코너에서 발견했을 때의 두근거림.

아무리 햇빛이 뜨거운 날에도
잡은 손을 놓지 않고 끝없이 걸었던 여름날.
주말에 늦잠을 자다 깼는데 내 시선에 닿은
포근한 이불 속에 잠든 너의 얼굴.
털을 잔뜩 세우고 경계하던 고양이가
처음 내 무릎 위로 올라와 자던 날의 온기.
우리 네 가족이 식탁에 앉아 따뜻한 밥을 먹던 어느 저녁.

오래도록 마음에 간직하고 싶은 시간들은 오히려 너무 평범하여
더욱 그립게 느껴지는 것일지도 모른다.

음악의.
힘.

나에게는 6년 전 고장난 채로 서랍에 처박혀 있는 아이팟이 있다. 음악도 동영상도 재생이 안돼서 좀처럼 사용할 수 없지만 저장 목록들만은 확인할 수 있다. 지금의 취향과는 겹치기도, 멀어지기도 한 노래 제목들과 아티스트의 이름을 뒤적이며 추억에 젖는다.

6년이나 흘렀지만 여전히 그 시간에 멈춰 있다. 어떤 시절에 즐겨듣던 음악은 그 시절의 기억을 재생시켜 마치 그때로 돌아간 것처럼 만들어주는 힘이 있다. 음악을 들을 때면 현재를 차단시키며 다른 시공간으로 데려가주는 듯한 느낌마저 든다.

좋아하는.
일。

진심으로 좋아하는 일을 할 때 얼굴 위에 자연스럽게
떠오르는 미소와 즐거운 표정은 숨기기 힘들다.
그런 순수한 표정은 보는 사람도 함께 웃게 하고,
덩달아 행복하고 기쁜 마음을 갖게 만들어준다.
그리고 잊고 있었던 꿈 같은 것을 떠올리게 해준다.
그것이 내가 공연을 보는 것을 좋아하는 이유이다.

처음 홍대의 작은 라이브 홀로 공연을 보러 간 날
CD로만 듣던 연주와 노래를
현장에서 보고 듣고 느낄 수 있다는 기쁨에 들떴다.
악기를 연주하며 함께 박자를 맞추고,
노래를 부르는 뮤지션들의 표정이
재밌는 놀이를 하는 어린아이처럼 즐거워 보였다.
'저 사람들은 자신들의 일을 정말 좋아하는구나' 하고
그들의 마음이 전해지면서 나 자신도 행복해졌다.

동시에 내가 그림을 그리는 것을 얼마나 좋아하는지,
처음으로 일을 받아 그림을 그릴 때 얼마나 행복했는지,
내 그림이 담긴 책이 나왔을 때 얼마나 설레었는지 떠올랐다.

좋아하는 것을 직업으로 삼는 것이 행복할지,
좋아하는 것은 취미로 남겨두는 것이 더 행복한지
나는 아직 잘 모르겠다. 하지만 중요한 것은
그림을 그리는 일은 여전히 내가 가장 좋아하며,
내게 행복을 주는 일이라는 것. 그 사실을 잊지 않는 것이다.

좋아하는 사람과.
함께 밥 먹기.

오랜 시간 혼자였던 나에게 혼자서 밥을 먹는 일은 그다지 어려운 일도 꺼려지는 일도 아니었다. 오히려 좋아하지 않는 상대방과 마주앉아 넘어가지 않는 밥을 넘기며, 어색하고 무거운 공기를 깨기 위해서 실없는 농담을 던지고 궁금하지도 않은 질문들을 머릿속에서 바쁘게 만들어내는 것보다는 훨씬 편안하고 쉬운 일이며, 이미 익숙해져 버린 일이었다.

하지만 그렇게 혼자서 밥을 먹는 날이 당연해지고 매일매일 반복되며 수없이 쌓여가자 나는 밥 먹는 시간이 두려워지기 시작했다. 그래서 식사를 거르거나 간단한 빵이나 라면으로 때우는 일이 많아졌다. 음식을 먹는 일이 즐거워야 하는데 그 행복을 잃고 건강도 잃었다. 그래서 혼자서라도 규칙적이고 제대로 된 식사를 하자고 결심했고 나만의 원칙을 세웠다.

1. 일단 회사원들의 식사시간은 피한다.

　　12시~1시, 6시~8시는 사람들이 너무 많아서 혼자 테이블을 차지하고 있으면 눈치가 보인다.

2. 유명하고 손님이 많은 맛집은 되도록 피한다.

　　혹은 오픈 시간이나 손님 없는 시간에 맞춰서 간다.

3. 포장이 가능하다면 포장을 해와서 먹는다.

4. 집에서 간단하게라도 요리를 해서 먹는다.

　　야채와 과일은 꼭 함께 먹는다.

혼자보다는 함께 먹는 밥이 더 맛이 있는 법이다. 좋아하는 사람들과 함께라면 더욱 좋을 것이다. 즐거운 대화를 반찬 삼아, 쏟아지는 웃음을 양념 삼아 그렇게 함께 맛있는 음식을 나눠 먹고 싶다.

책의 。
선물 。

어디든 책을 펼치면 책 속 세상으로 뛰어들 수 있었다.
그들이 나의 세상으로 와줄 때도 있었다.
책을 읽고 있으면 혼자라도 외롭지 않았다.

나에게로。
와줘서 고마워 。

누군가에게 먼저 다가간다는 것은
생각보다 큰 용기가 필요한 일이다.

혼자라도 상관없어, 외롭지 않아
라는 말은 사실 더는 상처받지 않으려는
스스로가 친 최소한의 방어막일지도 모른다.
혼자만의 시간이 길면 길어질수록
그 벽은 점점 더 두껍고 견고해져서
바깥에서 아무리 나와보라고 두드려도
아무런 소리도 들리지 않게 되어버린다.

손을 내밀어준 사람에게
고마운 마음을 표현하는 일.

나 역시도 다른 누군가에게
용기를 내어 먼저 다가가보는 일.

마음을 여는 일.

삶에서 위안을
주는 것들에 대하여

빌 브라이슨의 에세이는 언제나 실없이 웃게 만든다.
버지니아 울프의 일기는 나를 좌절에서 희망으로 이끌어준다.
한강의 소설을 읽으면 스스로의 내면을 가만히 들여다보게 된다.
미셸 공드리의 영화는 잊고 있던 오랜 꿈과 상상력을 자극한다.
마스다 미리의 만화는 울퉁불퉁해진 내 마음을 쓰다듬어준다.
패니욜로(Paniyolo)의 음악을 들으면 다시 닿지 못할 시절이 그리워진다.
샤갈의 그림을 볼 때면 아름다운 사랑과 따뜻한 시선이 느껴진다.

삶을 반짝이게 만들어주는 모든 것들이 없어져버린다면
우리는 무엇으로 위안을 받을 수 있을까?

놀이의 。
마법 。

모처럼 바닥에 선을 긋는다.
큰 네모를 그리고 영역을 나눈다.
네모 네 개, 세모 네 개가 된다.

돌을 던진다. 그리고 뛴다.
한 발로 때론 두 발로
땅을 차고 떠오르는 순간
기분이 좋다.

이윽고 네모의 끝에 다다라
휙 하고 돌아서며 뛰는데
나는 어린 내가 된 기분이었다.

오랜만에 뛰었더니 숨이 차고 덥다.
어른이 되고 나서는 좀처럼 이렇게 뛸 일이 없다.

열 살의 어린 나는 모든 네모와 세모를 뛰고 난 후
다시 서른세 살의 어른이 되었다.

색을。
입다。

바닥에 이불을 깔고 그 위에 눕는다.
이불의 한쪽 끝을 잡은 후 데구루루 구른다.
이불 밖으로 머리만 빼꼼 내밀고
눈을 깜빡깜빡하며 가만히 누워 있다.
이 놀이를 나는 "김밥놀이"라고 불렀다.

아무리 봐도 무리일 것 같아 보이는 작은 상자에
몸을 꾸역꾸역 밀어넣고 흡족하게 앉아 있는 고양이처럼
이불로 따뜻하고 단단하게 몸을 꽉 감싸면 기분이 좋았다.
걱정과 불안, 두려움으로부터 나를 지킬 수 있을 것 같았다.

질투의 。
역설 。

내가 갖고 있는 것은 한없이 작고 초라하게만 보이고
다른 사람의 것은 크고 반짝이는 것처럼 느껴진다.
내가 하는 일들이 전부 무의미하게만 생각되면서
그냥 다 포기해버릴까 하고 우울해지는 것이다.
자신이 갖고 있는 것도 다른 사람들이 보기에는 충분히
특별하고 의미 있는 것이라는 걸 자기만 모르고 있다.

꿈。

"당신의 꿈은 뭔가요?"라고 묻는 사람도,
각자가 꾸는 꿈에 대해 말하는 사람도
점점 적어져간다.

어른이 된다는 것은 점점 욕심을 버린다는 것일까.

터무니없는 상상은 하지 않게 되는 것일까.

점점 삶에 기대를 하지 않게 되어버리는 것일까.

행복의 상한선이 점점 낮아져버린다는 것일까.

어른이 된다는 것은 그런 것일까.

"당신의 꿈은 뭔가요?"라고 묻는 사람도,

각자가 꾸는 꿈에 대해서 말하는 사람도 점점 적어진다.

내가 꿨던 꿈은 많았고, 늘 변했다.

이루어진 꿈도 있지만 잊힌 꿈이 훨씬 많았다.

20대에는 애니메이션 감독이 되는 것과 세계를 떠돌며 여행하는 것이

꿈이었지만 지금은 일러스트레이터로 일하고 있다.

어떤 사람은 "결국 꿈을 이루지 못한 거네요?"라고 말하지만

꿈을 이루지 못한 거라기보다

합치고 나뉘며 변해간 거라고 말하고 싶다.

꿈은 꾸는 사람과 함께 변화하고 진화해간다.

꿈, 소박하지만
내게는 소중한 것들

마음에 위로가 되는 좋은 그림을 그리고 글을 쓰는 것.

집에 사두고 쌓아둔 안 읽은 책을 다 읽는 것.

여전히 간직한 꿈, 세계 일주(전혀 소박하지 않다).

마당이 있고 나무가 많은 조용한 집에 사는 것.

일생에 한 번은 꼭 직접 오로라를 보는 것.

악기 하나쯤은 스스로 연주할 수 있게 되는 것.

사랑하는 사람과 고양이와 개와 아이와 함께 행복하게 사는 것.

나중에 때가 되면 참 행복한 인생이었구나, 하고 웃으며 죽는 것.

나눔。

바쁜 일상 속에서 조금이나마 숨을 돌릴 수 있는 점심시간.
어느새 옆에 다가온 작은 친구에게 식사의 일부를 나누어준다.
시원한 그늘에 앉아 머리 위에서 흔들리는 나뭇잎을 바라본다.
시간에 쫓겨 허겁지겁하지 않고 천천히 밥을 먹고 있으니
마음에도 여유가 생겨, 바람이 지나가는 것이 눈에 보이는 것 같다.
내가 고양이에게 나누어준 것은 작은 연어 한 조각이지만,
뜻밖의 간식을 먹고 만족스럽게 햇볕에서 뒹굴뒹굴하는 고양이는
모처럼의 충분한 여유로움과 행복감을 내게 주었다.

길에 사는 고양이나 개들이 행복한 삶을 살 수 있는 동네라면
그곳에 사는 사람들도 행복할 것이라는 믿음이 내겐 있다.
배가 고프고 목이 마를 어떤 존재를 위해 기꺼이 밥그릇과 물그릇을
내어주는 따뜻한 마음을 가진 사람들이라면
분명 사람에게도 똑같이 마음을 내어주고 미소를 건넬 것이다.

봄이。
온다。

봄에 동네 꽃집 앞을 지나다 충동적으로 히아신스 화분을 샀다.
풍성한 꽃망울을 갖고 있던 히아신스는 좋은 향을 내며 예쁜 꽃들을
피웠다가 여름이 오자 이내 꽃잎과 잎을 후드득 떨구고 동그란 흙빛
구근만 남았다.
책상 위 가장 좋은 자리를 차지하고 있다가 왠지 초라해진 구근은
구석으로 밀려났다.
그렇게 가을이 되고 겨울이 되었다.
봄이 오자 문득 빼꼼 하고 구근 속에서 연두색 연한 잎이 올라왔다.
아직 추운 날이었지만 그 잎을 발견한 나는 매우 기뻤다.
따뜻하고 향기로운 봄이 곧 온다는 쪽지를 받은 기분이었다.
방치해뒀던 화분을 끌어와 물을 주고 다시 정성껏 가꾸었다.
그리고 봄이 오자 히아신스는 다시 꽃을 피웠다.
지금 나를, 그리고 당신을 괴롭히고 힘들게 하는 그 일도 곧 끝이 날
것이다.
시간은 언제나 똑같은 속도로 흐르고 있고,
조급해하지 않아도 겨울이 지나가면 어김없이 봄이 오고 꽃이 핀다.
그 영원의 회귀에 오늘도 위안을 느낀다.

한 발.
또 한 발.

다시 한번 나라는 존재를 둘러싸고 있는,

내가 그어놓은 둥근 선을 바라본다.

여전히 두렵지만 시선을 돌리지 않는다.

끝이 없는 것처럼 보였던 나의 세계를 뒤덮은 그 막막함은

정면으로 마주하고 나니

그저 삐뚤빼뚤한 선일 뿐이었다.

중간에 포기하고

그냥 도망쳐버릴까 하는 생각을 하지 않은 것도 아니었다.

하지만 역시 어떻게든 해내고 나면 무척이나 뿌듯할 것이다.

중간에 비겁하게 도망쳤다는 마음의 부채감은 생기지 않을 것이다.

한 발, 또 한 발.

선을 넘어가는 일은 생각보다 간단했다.

모든 일은 해보기 전에는 무척 거대하고 복잡하며 무서워 보인다.

막상 눈을 질끈 감고 해버리면 별거 아니다.

벌벌 떨었던 것이 우습게 느껴진다.

아무것도 아니다.

그렇게

한 발, 또 한 발.

기억을.
그리다.

사랑하는 사람끼리 아무리 꽉 끌어안고 있어도 하나가 될 수 없음에, 안타까움과 외로움을 느끼던 때가 있었다. 인간은 이렇게나 혼자구나, 이렇게나 외롭구나……. 빨간색 물감과 파란색 물감을 섞으면 보라색 물감이 되듯이, 너와 내가 하나로 완벽하게 섞일 수 있다면 외롭거나 슬프지 않을 수 있을 것 같았다. 하지만 각각의 다른 색으로만 존재해야 하는 인간들이기에 결국 받아들여야만 했다. 사람은 모두 혼자이고 결국 혼자이고 언제나 외롭다는 것을…….

그런 혼자들이 모여 서로 살을 맞대고 기대어 살면서 같은 시간과 공간 속에서 함께 따뜻한 기억들을 만들어낸다. 하나로 합쳐질 수는 없지만 하나의 기억을 공유한다는 것은 기억을 매개로 서로에게 연결될 수 있다는 말일지도 모른다. 언제든 어디서든 너와 내가 이어질 수 있다는 것은 희미하지만 매달리고 싶은 희망, 작은 위안이었다.

처음 일러스트레이터가 되기로 결심했을 때 어떤 그림을 그려야 할까 깊은 고민에 빠졌었다. 그림의 스타일도 중요하지만 그림을 통해서 내가 정말 하고 싶고 또 할 수 있는 이야기가 무엇인지 오랫동안 고민했다. 그러다 바깥에서만 찾을 것이 아니라 내 마음속으로 들어가서 내가 가진 오래된 기억들과 감정들을 그림으로 그려보자고 생각했다. 가장 깊숙한 곳에 있던 기억이나 감정, 생각들을 부끄럽지만 솔직하게 종이 위에 그려보기 시작했다.

'나'에게서 나온 기억은 지극히 개인적이고 특별한 나만의 이야기였지만, 세상 모든 평범한 사람들의 이야기이기도 했다. 그림을 접해본 사람들은 자신의 마음을 그대로 옮긴 것 같다고, 아련하면서도 따뜻한 그림에 큰 위로를 받았다는 말을 들려주었다. 나 역시도 그림을 그리고 나면 그 당시의 슬픔이 해소되는 느낌에 상당한 위로를 받았다. 그림에 공감을 느낀 사람들이 전해주는 말은 내겐 또하나의 치유였다. 이런 일련의 과정은 나에겐 무척이나 뜻깊고 감사한 일이었다.

처음 연속적으로 이어지는 일러스트를 그리기 시작한 이유는 내가 원래 애니메이션을 만들던 사람이라서 그럴 수도 있지만, 일방적으로 내 이야기만을 전달하고 싶지는 않았기 때문이었다. 그림을 보고 느껴지는 것이 각자의 기억과 상황에 따라 모두 다르고 다양했으면 좋겠다고 생각했다. 그러기엔 그림 한 컷만으로는 한계가 있었다.

보는 사람이 눈으로 그림의 컷들을 순서대로 따라가면서 시간이 생겨난다. 정말 중요한 것은 그 시간들, 컷과 컷 사이에서 자신과 오래된 기억들에 대해 생각에 잠길 수 있는 그 시간들일 수도 있다는 생각을 했다. 등장하는 인물들의 얼굴에서 표정을 지운 이유도 사람들이 자신의 상황과 감정에 따라 다양하게 해석하고 공감할 수 있었으면 하는 마음에서였다.

생각해보면 살아갈 힘을 주는 것은 그렇게 크고 거창한 일들이 아니다. 삶에서 우연히 마주하게 되는 사람이나 동물, 식물, 사물들, 혹은 어떤 사건들을 통해서 생각도 못 했던 위로를 받게 된다. 슬픔과 외로움에 지친 사람에게는 요란스러운 응원보다는 작지만 진심이 담긴 친절이, 많은 말보다 작은 미소가 더 큰 위로를 준다. 우리는 일상 속에서, 기대하지 않았던 작은 관심과 뜻밖에 찾아온 우연한 만남에서, 스치듯 지나갔지만 오래도록 마음에 남는 기억들에서, 그러한 위로의 순간들을 만난다. 그 순간들을 이 책에 담고 싶었다.

나의 그림 속에 숨어 있는 작은 위안이 그림을 보는 사람들에게도 알게 모르게 스며들어 그냥 잊고 지나쳐버릴 뻔한 삶 속의 작지만 특별했던 기억들을 다시 한번 떠올려줄 수 있기를 바란다.

뜻밖의 위로

© 박정은

| 초판 1쇄 인쇄 2015년 12월 15일
| 초판 1쇄 발행 2015년 12월 23일

| **지은이** 박정은 | **펴낸이** 고미영

| **기획** 강훈 | **편집** 이승환 송영경 | **디자인** 김선미
| **마케팅** 방미연 정유선 오혜림 | **홍보** 김희숙 김상만 한수진 이천희
| **제작** 강신은 김동욱 임현식 | **제작처** 한영문화사

| **펴 낸 곳** (주)이봄
| **출판등록** 2014년 7월 6일 제406-2014-000064호

| **주   소** 10881 경기도 파주시 회동길 210
| **전자우편** yibom01@gmail.com | **팩스** 031-955-8855
| **문의전화** 031-955-2688(마케팅) 031-955-2698(편집)
| **트 위 터** @springtenten | **페이스북** /springtenten

ISBN 979-11-86195-46-8 03810